KB073824

나에게
던진다

동해로 발 옮김은
상상으로 그린다

나
에
게

던 진
다

정득용 지음

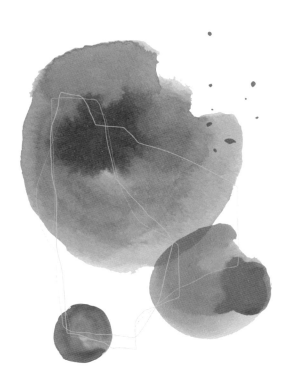

좋은땅

시인의 말

처음 살아 보는 오늘

두 번째 이야기를 이어 봅니다.

사유의 깊이 부족하고

유년의 굴레에서 벗어나지 못한 채

머지않은 겨울을 상상하며

아름다운 세상을 꿈꿉니다.

나를 관통하기도 하고 비켜 가기도 한

빈곤함을 무릅쓴 이번 이야기도

아내에게 보냅니다.

2023년 10월

1부

사철가

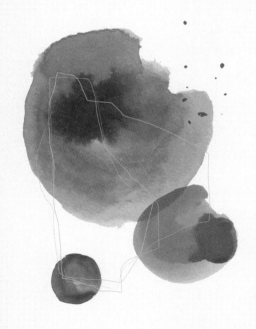

새해 첫날 어떤 이는

삼백예순다섯 날
밝음 한 자락 움키려는 수탉 소리로
시작된 창문 밖 긴 여정
영하의 추위와 인파를 핑계 삼지만
어제 서해 낙조를 보지 못했듯이
동해로 발 옮김은 상상으로 그린다

성장만큼이나 설렘도 줄어든 나이
가속이 붙은 추락은
퀴퀴해진 모과만큼이나 쓸모와 멀어져
색동 빛 설렘은 말랐고
실직의 구렁을 벗어나지 못해
다시 받아 든 취업희망카드

내려앉는 눈꺼풀
빈속을 커피믹스로 달래며
담요로 한기를 막아 내는 쪽방에서
가족의 그림자와 둘러앉아
따뜻한 떡국 한 사발 먹는
새해 소망을 전기장판으로 데우고 있다

해빙기

오늘도 너를 유인했다
햇살 한 줌

게으름과 무력함으로
외면해 버린 아궁이와 난로

변온동물처럼
깊숙이 번져 오는 너의 온기에 목매달다

차가운 집 안이 데워지기까지의
중독된 일상

이불 속에서 버티다가 내보낸 두 손가락
그 끝에 내려앉은 봄 그림자

아직이지만
봄꽃들 유혹 시작하면 해바라기나 나서야지

산 벚꽃잎 날린 날

대문도 없는 현관 앞 뜨락에
눈을 가리고 귀를 멀게 한 그 여자처럼
산 벚꽃이 내 집에 왔다

앨범 속 여자처럼 늙지 않는
연분홍 살구와 복사에 밀리지 않고
언제 왔는지도 모르게

잔바람에 하르르 몸 풀더니
돌아갈 수 없는 시간 속으로 이끄는
늙어 가는 나에게 내미는 손과 입술

촘촘히 박힌 봄날
절망을 해야 하나 경박하게
당신 때문에 나는 또 절망해야 하나

봄

혁명은
총칼로만 하는 게 아니라고

연붉게 물든 산
노랗게 개칠한 동구洞口에
파란 견장도 못 단 것들의 불법시위

앞 냇가 얼음 풀고
개구리울음 인상하라는
버들강아지 볼멘소리

매화 응원단 남에서 몰려들자
개불알꽃은 봄까치꽃이라 개명하고
춘투 대열 앞자리 선점했다

노랗고 하얗고 꽃분홍에 연보라까지
온갖 꽃 스크럼 둘러치는 날

딱정벌레 한 마리도 몸풀기 시작하고

봄의 가시

생살이 떨어져 나가는 통증
새살이 돋고서도 아린 기억에
봄을 먹고 도시로 나간 나도 아팠다

손길 닿을까
해마다 끝으로 자릴 옮겨도
분질러지는 새순의 외마디 가시가 된다

누군가의 찬거리와 안줏감으로 팔려
학비가 되고 생필품이 되고 용돈이 되는 4월
돌산을 누비던 아버지와 새벽 장 나서던 어머니

낡은 장갑을 찔러 댄 것은
대광주리에 머리를 내밀던 따갑던 것은
잘근잘근 씹어 잊고 싶던 산골의 마른 봄

연두색 입맛 되살리려 두릅 한 줌
삶아 데쳐 초장에 찍을 때마다
목에 걸리는 가시, 하늘 가신 부모님

봄날은 가지만

봄날은 가고 오늘은 입하
낡은 우체통에 그리운 사연 담기지 않듯
부치지 못한 편지 하나둘 쌓인다

열아홉에 받아 본 여자 선배의 손편지도
스물다섯에 스물 처녀 애한테 써 본 연서도
가슴에 두고 흔적은 남기지 말 일

담쟁이는 시퍼렇게 번지고
우세 피우던 화려한 모란 낮술 취한 듯 몽롱하다 힘없이
뜯겨 나간 검정 망사스타킹처럼

순정은 남았지만 열정은 식어
흐릿흐릿 춘정도 뒷전에 밀린 나이
바쁜 봄을 잡지도 못하는데 어쩔까나

한 번쯤 낙조의 장엄함으로
가을의 충만과 겨울의 여유를 함께 챙기며
그대 앞에 불타듯 서리라는 다짐 또 한다

생선 국수 한 그릇에

생선 국수 이름 낯설다
촌 동네 옥천 청산 면사무소 앞길 노포마다
점심 땟거리쯤이면 늘어서는 긴 줄도 낯설다

속리산에서 발원해 금강으로 들어가는 보청천
뛰어놀던 미꾸라지 빠가사리 모래무지 참붕어들이 메기
와 함께 끓는 물에 탈골하고 받치는 육신 공양

천변 벚꽃 흩날리는 봄 정취에 뜨겁고 매운 국수 한 그릇
과 매콤달콤한 도리 뱅뱅이가 전국에서 몰려든 식도락가
들의 입맛을 사로잡는다

초정리 암반수로 희석한 시원한 소주 한잔 걸치면 살어
리랏다 살어리랏다 청산에 살어리랏다
생선 국수 한 그릇 먹고 청산에 살어리랏다

맨발에 겉저고리 벗어 던지고 청산에 살어리랏다

얼레리래요

고향을 떠나 본 적 없는 마흔여덟 건넛집 총각
틈틈이 농사도 짓는 강가 음식점 사장이다

얼마 전 '쯔안'이 일하러 오면서 웃음이 늘었다
인근 친구들이 쌍으로 식당에 모인 생일 저녁
펄펄 끓는 매운탕 사이로 낯선 음식이 눈에 띄었다 '쯔안'
이 요리한 채소와 매콤한 훈제 고기였다

소주잔이 돌고 식사 끝나 갈 무렵 케이크에 불이 켜지고
친구들의 짓궂은 요청으로 알바 처녀와 촛불을 같이 껐다

그런데 짜고 치는 것 같은 갑작스러운 떼창
뽀뽀해! 뽀뽀해!

다음 날 '쯔안'은 작은 가방을 가게로 옮겼다

* 박성우《창문 엽서》에서 에피소드 차용.

15

2023년 5월 31일

눈꺼풀을 밀어 올리자 부리를 비벼 새벽을 깨뜨리는 새들의 수작이 들어왔고 들숨과 날숨을 인식하지 못한 채 문을 열자 구겨져 버린 조간신문이 손길을 내밀고 김을 빼고 있는 쿠쿠 여인의 목소리가 주방 한쪽에서 낭창했다 무한히 펼쳐진 하루가 오늘이라는 그물을 엮어 무언가 의미를 낚으라는데 무엇을 위해 살고 무엇으로 위안을 삼는지 자문하지 않기로 했다 신문을 펼쳐 과거가 된 이야기들을 점검하고 뜨거운 밥솥을 열어 밤새 비어 버린 위장을 도닥이고 숭늉처럼 믹스커피를 마셨다 줄어든 수입에 맞춰진 지출을 최대한 적게 하며 살아가는 사회에서 한 발치 밀려난 존재 정신적 풍요를 챙기려 금요일 오전마다 평생학습원을 오가고 가끔 사치도 부려본다

오늘은 이문재 시인의 《산책 시편》과 고영민 시인의 《공손한 손》이 도착해서 며칠 밖에 나가지 않고도 포식한 사자처럼 지낼 수 있겠다

교환

꽃만 구경하고 앵두도 버찌도 손대지 않고
마당의 것을 다 내주니 새가 날아왔다

잘 익은 오디 자두 살구도 그들의 몫이다
익고 있는 블루베리 아로니아
지금은 속내를 보이지 않는 풋감도

그동안 공으로 듣던 노래 값
울적한 사내 달래 준 친구 값이다

가을에는 잘 익은 사과와 감은 몇 알씩 남기고
타작하다가 튀어 달아난 낟알은 줍지 않겠다
눈 쌓이면 곳간도 풀어 알곡 한 줌씩 풀겠다

마음 열기만 하면 새가 된다
하늘도 내 것이다
이런 게 횡재

7월의 청포도

7월의 파란 하늘을 꿈꾸다가
오색 불빛 아래 아무에게나 팔려 나가는
식민지의 어린 여종 신세

사거리에 자리를 편 주인아주머니
호르몬으로 광을 낸 친구들을 내보이며
지나가는 손님과 흥정한다

사각 상자에 갇혀
비닐만 걸치고 누운 나
찔러도 보고 만져도 보는 낯선 손가락들

나는 고향의 향수도
주저리주저리 열리는 전설도 모르면서
철없이 끌려 나온 유곽遊廓의 시골내기

인공수정에 중성화 작업으로
비닐하우스에서 조속하게 대량 찍어 낸
내 이름 샤인 머스캣

산골 일기

　해갈을 벗겨 준 긴 비 잠시 멈춘 사이 시골 살림에 할 일이 적지 않다 조막 밭에 풀 뽑고 여름 배추와 알타리 씨앗 뿌리고 허물어진 물길 다시 손본다 마늘 뽑아낸 먼 밭에 들깨 모 듬성듬성 머리 맞춰 심고 풋고추 몇 안주 삼아 몸 데운다 취기에 잠깐 눈 붙였다가 가만히 앉아서 피어오르는 구름을 본다* 6월 가뭄에 단비 반기는 것이 사람 뿐이랴 마른 내에서도 노래 흐른다 풀들은 단번에 웃자란 듯하고 나무들도 생기 챙겼다 새들은 목욕했는지 소리 더 맑다 그사이 구름 벌어져 하늘 열리면 붉은 해가 처마 끝에 닿을 것 같아 내놓은 난분蘭盆 안으로 들인다 산색 모두 푸르다

　　　　　* 왕유의 〈終南別業〉에서 차용 "坐看雲起時".

19

초복

내리쬐는 햇살을 이기지 못해
새벽에 나가면 들일은 새참 때까지다

사철 뻔한 시골 밥상 기름 빠진 뼈다귀라도 쪽쪽 빨아야
힘이 날 것 같아 늙은 흙발 1톤 몰고 나선 읍내 우시장

곰탕 설렁탕 왕갈비탕 삼계탕 염소탕 간판만 보고 쩝쩝
입맛 다시다가 장터 끝 집 순댓국에 밥 한 공기 말았다

잇새에 낀 들깨 빼내며 탈탈거리며 돌아오는 길
민족의 끈기와 정기를 알리며 오늘 밤 역사를 암시하듯
무궁화 길가 양옆에서 웃는다

물 한 바가지 뒤집어쓰고 이른 자리 펴 놓고 눈치를 살피
지만 어둑해져 연속극이 끝나도 돌부처가 된 아내

불 끈자 봉창 자귀나무 붉은 꽃잎 떨렸다

장마-1

　장마라는 말에 빗방울에 밑줄을 그었다 그들이 연달아 여러 날 찾아올 것임을 예감했다 가끔은 파란 하늘이 웃는 날도 있을 것이다 그런 날은 우산을 들고 나갔다가 잃어버리기도 하고 마른하늘을 믿고 빈손으로 나갔다가 소나기를 맞기도 하고 남의 집 처마에서 낙수의 유희를 즐길 일이다 때로는 거실 유리문을 열고 지하철 노약자석에 앉은 모습으로 강과 바다를 넘나드는 그림을 머릿속으로 그리고 있을 것이다 오고 가는 것을 예약한 손님도 아닌데 언제쯤 오리라고 기다리는 게 우습다 계절로 보면 장마 끝은 노년에 이르는 가을이기에 인생에 있어서는 절정이다 그 길을 향한 길목에서 만나는 친구처럼 반갑다 잠시 호미 놓고 땀도 식히고 덮었던 책장 다시 펼 수 있기에

대설

하늘도 땅에다 대고 화풀이를 하고 싶을 것이다
인간들이 피워 올린 게 향로 속 용연향뿐이랴
소들을 시켜 풍긴 메탄가스, 공장과 자동차를 굴려 이산
화탄소와 아황산가스를 올려보내니 코 막고 싶은 것이
한둘 아니었겠지

우크라이나에 떨어진 화염도 끄고 냉기를 보내 데워진
지구를 식혀 주려는 것이고 강원도 산불에 그을린 주민
의 아픔을 보듬고 공장 굴뚝 청소 근로자 다칠까 대신 닦
아 주려는 것이겠지 오물에 더러워진 도로를 치워 주려
는 것이겠지

가난을 벗으려 따뜻한 고국을 떠나온 이들과 이국으로
시집온 이들에게 풍요를 알게 하심이니
그들의 눈시울에 뜨겁게 흐르던 것을 매만져 주고 추운
계절에도 사랑이 있음을 알려 주려는 메시지이다 고향의
푸르름을 잊지 말라는

10월에 들어

머지않아 겨울
길어진 밤의 길이만큼 생각은 깊어지고
지난 기억만 쌓일 여정

창호지 꽃무늬 새김도 서리의 칼날을 막지 못해
아궁이 손보고 땔감을 준비하다가
그대에게 눌러쓴 손편지 끝내 마치지 못했다

창가에 불 밝힌 채
짙어진 가을에 시린 감정 추스를 수 없어
나뭇잎 저벅거리는 소리와 마주한 술잔

차오르는 빛바랜 추억과 회한에
내버리지 못한 가슴앓이를
잔 들어 떠나보낸다 쓸쓸함과 함께

장마-2

장대비 맞으며 팬티만 입고 들깨 모를 다 심었다고 등짝
이 얼얼하다고 배꼽 아래에 뚫은 세 구멍 상처 아문 지 얼
마 되지 않은 친구가 불콰해진 목소리를 전한다 때를 놓
쳐 라면 하나 끓여 소주를 마신다고 몸 안에 기생한 잉어
덩이가 빠져나가는 기분이라고 눈물이 돌도록 좋다고 물
컹해진 전화기 속으로 긴 독백을 쏟는다

찌꺼기만 남은 일상을 말끔하게 씻어 낸 하늘이 잠시 휴
식 모드에 들어 분꽃이 피기 시작하던 때였다 달개비꽃
피고 홍옥을 닮은 저녁 태양이 들락거릴 때였다 쏟아지
는 빗속에 빨간 우산을 한 손에 쥐고 철벅거리며 다가오
는 베이지 레인코트의 여인을 상상하며 퇴근하는 아내를
기다리고 있을 때였다

무게 한쪽이 기울면 하늘도 이기지 못해 토악질을 해대
는 이 철은 무겁고 축축하지만 그래도 배수구로 하수구
로 아스팔트 도로변 쓰레기까지 바다가 쓸어 담아서 좋
다 모가지를 뻣뻣하게 처들던 하늘나리가 고개를 떨구고

침묵에 들어 좋다 가끔 어린이 놀이터 수매미를 호출해서 애정사를 쥐어짜 낼 수 있어 좋다 친구가 심어 놓은 들깨 향이 땅속에 뿌리를 내릴 수 있어 좋다

외로운 날

기침 한 번에 별 하나 지고
별똥별 허공 가르는 적막만으로 채워진 시간
늑골을 골라 뽑아 연인이나 삼을까

언 땅에 입김을 불어
잠자는 씨앗 움 틔우고
가난한 가슴에 꽃등을 달아 볼까

자멸해 버린 연분을 모아 지상에 튼
좁다란 거처에 조바심 가득 채워 문을 열면
음 시월 둥근달이 내려다본다

미망에 든 것조차 모순처럼 상고대로 피어나
허약한 의지 갈증의 바다에서 소생하는
이런 날은 사랑 그립다

추억 절이기

절인 배추가 되어 버린 아내
비벼 통에 담은 것은 겨우 스무 포기
알타리 동치미 파 갓김치를 뺐는데
어머니는 백 포기를 하고도 끄떡없었는데

나는 일이 늘어 쪼개고 소금 풀고 뒤집고 씻고 무채 썬 전
날에는 마늘과 쪽파도 다듬었다
커다란 고무 대야에 배추 옮기고
이른 아침 양념 버무리는 것도

올해 고추 대파 생강은 자급했고
배추와 무 갓 쪽파는 친구 농장에서 얻어 왔다
마늘과 생새우 육젓 황석어 젓갈만 사 왔으나
몇 년 지나면 누가 준다 해도 손사래 칠 것들

면내 마트가 다섯인데
포장 김치가 사철 진열대에 그득하다
60을 둘 다 넘겨 갈수록 힘든 일이기에
추억으로 절여질 것은 김장이라는 이름

12월

한 해의 마지막까지 열매를 털어 내지 못한 산수유의 붉은 신음처럼 고생하신 어머니는 12월을 마감하면 직장인처럼 연말정산을 했을까? 한 해 동안의 수고와 땀과 눈물을 모아 저울에 달아 보았을까? 넉넉지 않은 수입과 넘치려는 지출을 적절히 조율하여 적금을 붓고 내년에는 전셋집을 벗어날 꿈을 꾸었을까? 자식들이 커 가는 크기에 맞춰 먹이고, 입히고, 학비를 대가며 어디까지 자라 줄지 기대했을까? 아주 가끔은 당신을 위해 여분의 시간과 비용으로 미장원도 가고 옷 가게를 기웃거리지는 않았을까? 강물 같은 세월 한 굽이 또 돌았다며, 혼자 웃음 짓기도 했었겠지 김장까지 다 마무리하고도 어머니는 바쁘게 무얼 했을까? 새해에는 더 나은 생활을 꿈꾸었을까? 아랫목에서 뻐근한 허리에 파스를 붙여 달라고 아버지께 속살을 보였을까? 눈 오는 밤에는 가슴에 담았던 누군가를 사랑으로 꺼내 읽기도 했을까? 이런저런 생각을 무서리 내려앉을 때까지 그리게 하던 어머니

눈 오고 바람 불면

내 마음에 자리한 못 잊는 사람이 있어
문정희의 〈한계령을 위한 연가〉를 펼치면
양희은이 부른 〈한계령〉도 눈앞에 다가온다

노랫말처럼 울지 마라 잊으라 하지만
그게 쉬운 것이 아니기에
지금껏 바위 누름처럼 가슴에 담고 살아왔다

내 마음에 끼인 안개구름을
벗겨 내고 싶을 때마다 한계령을 오르고 싶다
시처럼 못 잊을 사람과 같이 폭설에 갇히고 싶다 폭설에
갇혀 겨우내 추억으로 얼어붙고 싶다

그러나 올라온 길이 서로 달라 각자의 길로 돌아가겠지
만 그 한 번의 만남으로도 울지 않고 잊지 않고 살고 싶다

가슴안에 새겨 두고 아무도 모르게

혼자 웃는 오늘

산 아래 자리한 집에 낡은 우편함과 문패를 매단 것은 누군가 찾아 주길 바람입니다 대문도 없고 울타리도 성성한 그 안에 수선 목단 부처꽃이 오르면 나비가 되어 뜨락에 내려앉는 것도 누군가 들여다봐 주길 원함입니다 그리움이라는 무게만 남긴 당신이라는 이름을 동거인 목록에서 지운 것은 혼자 지내는 의지 흔들려 다짐을 잡기 위함이고요

수선 지고 목단 지고 부처꽃마저 지고 나면 한 해를 더 살아남기 위해 고치로 틀어 앉아 추운 겨울날 흰 종이 위에 모국어를 몇 자 꾹꾹 눌러쓰고 안부도 없는 당신의 주소를 적어 넣지만 간절함이 이뤄질 때 만남의 기쁨이 크리라는 것이 기도만큼이나 소용없음을 알기에 회신 없는 그곳으로 보내지 못합니다

하늘을 가끔 올려 보다가 해 지는 창가를 기웃거리며 이미 지난 시간을 뒤로하고 이른 자리에 눕습니다 내일이 두려운 것은 어둠과 함께할 시간이 길기 때문이지만 눈

이 뜨이고 새벽길을 나서면 차가운 공기를 폐에 옮기며
살아 있음에 감사합니다 누군가를 그리워하며 혼자 웃을
수 있기에 오늘이 좋습니다

2부

나
에
게
던
진
다

사랑은 아프다
—詩作

그댈 만나고 아팠습니다
서로 사랑할 줄 알았지만
다가서지 못해 바라만 보다
어떨 때는 고통이 되더군요

조금씩 알아 가면서
몸살을 앓았습니다
봄에는 푸른 여름은 붉은 감기를
가을과 겨울에도 달고 살았습니다

황사 바람이 뿌옇게 몰려
투명한 것들이 보이지 않던 그때부터
주변을 머뭇거리기는 지금까지
오한을 견디고 있습니다

동백이 고요를 깰 즈음이나 풀릴까요
우물물 적셔 머리맡 지키며
아프지 마라 기도하던
누군가 차가운 손이 그리워지네요

불안한 오늘

왼쪽으로 기우는 몸
뒤통수에 박힌 손톱만 한 하얀 자국
CT에 찍힌다

조형액이 지나갈 자리에
척추 대동맥 하나가 변비
MRA 영상 뚜렷하다

혈관을 뚫는 수술도 시술도 하지 못해
큰 병원으로 갔어야 했다는 말만 맴돌아
바람 빠지는 듯한 이명 지금도 '쐐' 하다

폭탄이 담긴 머리통
뇌관이 작동할 것 같은데
아내는 뇌 사진 CD와 진단서를 챙긴다

병원비는 걱정 말라고
20년도 넘게 보험을 들었는데
이제야 탈 수 있다고

빛바랜 노트 속에

검열에도 걸리지 않은
푸르른 사기그릇처럼 맑은 날이
노트 속에 접힌 채 빛바래 있다

청바지에 손 구긴 채 쏘다니던
새벽 골목 포장마차 음악다방 같은
술과 담배 연기 매캐한 흔적들

서툴게 다가가다 베인 상처
익지 않은 시간이 담겨 있다

밤새 지우다 다시 그려진 이야기
풋 설어 실없는 웃음 새어 나오지만

그리워하지 않겠다 흔들린 글씨
처음 손잡았을 때 떨림으로 되살아나
심장 한쪽을 데우고 있다

조각달을 담다
—조발낭(爪髮囊)에

잊고 살아온 시간 챙기듯이
어머니 열 손가락 빛 잃은 초승달을 자르고는
처음으로 하얀 목양말 벗기는 의식을 치렀다

작은 것 하나 놓치지 않으려 돋보기 걸치고
휘어진 발가락 끝에서 구겨진 달에게도
사랑을 느꼈다 한 점 한 점 다듬다가

만원 버스에 오르는 마지막 사람처럼
안으로 달아나는 것까지 살뜰히 훑고 나서
머리맡에 흩어진 머리카락도 몇 모았다

어머니의 마지막 손바닥만 한 보따리에
자랑스러워하실 단어는 넣지 못하고
은하수로 쓸려 나갈 달 조각만 담았다

조각조각 깨져 버린

내 이름은 갈대

손에 든 알약 늘어난 만큼
정신과 육체가 맑아지면 좋겠다
지금까지처럼 쓰러지진 않듯
남은 시간도 버텨야 하기에

바람보다 먼저 눕던 지난날은 잊고
편안하게 바람에 몸 맡기겠다
속으로라도 우는 일도 줄이겠다
가급적 만들어서라도 웃을 일을 찾겠다

누군가를 사랑하게 된다면
사랑한다는 말도 혼자만 하고
수줍음에 곁만 스치고 돌아서는 일은 있겠지
그러나 마음에 두고 아파하지 않겠다

남의 탓 하지 않겠다
움직이는 것만으로도 기적이니
한 번쯤은 내 자신을 불태워
잠시 그 누군가에게 따뜻한 곁불 피우고 싶다

나에게 던진다
—신당역에 한 송이 꽃 내려놓으며

나는 내 방식의 사랑을 원한다

은밀하고 조용한 곳에서 떨림이 전해지는 그런

욕정이 아닌 영혼의 새김을 남기고 싶으니

질투와 분노의 너의 손아귀에서

내 모가지를 풀어다오

너의 아집과 집착에 짓찢긴 나의 주검

신에게도 위로받을 수 없어 절규한다

다듬는다

9시 뉴스를 보며 아내와 멸치 똥을 따 낸다 홍도 남쪽
2.6 마일 해상 1명 구조 4명 사망 5명 실종 통영 선적 해
승호 조난이라는 소리가 튀어 오른다 한국인 선장 1명 베
트남 선원 9명 승선 자막이 돌고래처럼 빠르게 지나가 이
물고기를 건지려다가 사고를 당한 게 아닌가 하는 생각
이 든다 사촌 처남댁 나라 멸치처럼 깡마른 젊은이들이
눈앞에 어른거린다 고엽제로 보훈병원 병상에 누운 명원
이 삼촌이 저 춥고 어두운 바다에 생사를 일당에 맡겼던
청춘들이 다낭 앞바다 미케 비치를 떠난 보트피플처럼
이 밤 무사히 건너기를 바라며 다듬는다 내장 그대로 미
라가 되었으니 멸치는 바다 생선 중 품계가 낮은지는 몰
라도 두 눈 부릅뜬 모습이 의연하다 저 작은 몸으로도 살
과 뼈는 남아 고향의 비린 내음을 풍기며 자기 몫을 하는
데 나는 따뜻한 육수 한 번 우려내지 못한 단어마저 구조
하지 못하고 고투 중이니 남해 건어물 세트 같은 것은 언
제 한 접시 담아낼지

오후를 지날수록

치과를 가야 했다
젊어서는 세상을 씹고
나이 들고는 내 자신을 씹고 씹다가

보철과 의치로 세워진 성벽에
하루 세끼 일상이 공성전을 벌인다
물렁한 것 질긴 것 단 것 쓴 것 모두가 동원된

강공에 맞춰 싸우다 부러진 결기는 심고
밑동이 썩어 뿌리가 흔들린 기둥은 세우고
시련의 통증을 주던 첫사랑은 뽑아내야 했다

해가 갈수록 하는 일마다 시리고
씹어도 뭉그러지지 않는 것들은 울대에 걸려
고치고 다독여 가야 할 시간만 늘어났다

신경을 누그려
눈과 귀를 가리고 천천히 씹기로 하자
속 안과 심장까지 편안해졌다

너에게는

가끔은 나도 나에게 친절해지고 싶다
이런 생각조차 하지 않고 살지만
또 가끔은 친절하지 않을 권리와
친절할 자유를 동시에 원한다

상대가 원할 때만 친절해지고
내가 원하지 않을 때는 친절하지 않고 싶다
나의 친절을 착취당하지 않고 싶고
타인의 친절도 착취하고 싶지 않다

웃고 싶을 때 웃고 싶을 뿐이다
그러나 너에게는 친절해지고 싶다
내 자신에게 지키기 어렵지만
가끔 나도 나에게 친절해지고 싶고

사랑 목록

용광로에 떨어진 피우지 못한 젊음, 과로라는 이름을 단 택배, 곡예 운전의 달인이 된 배달족, 반죽 기계에 끼인 퇴근길 약속, 스토커 칼날을 거부하는 손짓, 쓰레기를 치우는 새벽 작업복의 얼룩, 일은 2배 위험도 2배로 문 닫는 소아과의사의 가운

효도와 몇 푼으로 바꾼 요양보호, 젊음을 압사시킨 축제의 골목길, 비정규 직원을 닮은 지하철 스크린, 수원 세 모녀를 챙기지 못한 국민복지, 정인이를 숨지게 한 양부모의 양 머리 가면, 출산율을 올리지 못하는 정부 정책 그리고 외국 여인과 결혼하는 아버지뻘 농촌총각, 그들에게 시집온 젊은 외국 여인

반려에서 반려된 풍산개, 16강에 들 때와 아닌 때를 구별하는 응원단, 불경기일수록 올라가는 치마 끝단, 파업 비동조자에게 날아간 쇠 구슬, 발달장애 딸을 살해한 38년간의 고통, 무정차에 무너진 전장연의 휠체어

친밀한 거리*

사람 속에 살아가면서
거리를 두고 싶은 사람도 있고
거리를 두니 그리운 사람이 있다
다가서니 거리를 두는 사람도 있고
거리를 두니 다가오는 사람이 있다

외롭지만 혼자이고 싶기도 하고
혼자이고 싶지만 때로는 외로운 우리는
누군가와는 친밀한 거리 안에 들고 싶다

봄에는 가까이 여름에는 더 가까이
가을에는 조금 멀리 겨울에는 더 멀리
아니면, 봄에는 조금 멀리 여름에는 더 멀리
가을에는 조금 가까이 겨울에는 더 가까이
멀어지면서도 다가가고 싶다

그대만은 친밀한 거리 안에 있게 하고 싶다
그대는 언제나 봄이기에

* 에드워드 홀의 '근접 공간학'에서.

눈 오는 날의 편지

눈발 날리는 날
강아지에게 말 걸듯 편지를 쓴다
네가 떠난 유라시아를 향해

눈이 많이 내린다는 네 고향에도
자작나무 춥다고 울어 대고
밤낮없이 칼바람은 문틈을 비집는다 했지

서로 웃으며 웃으라고
웃음 날리던 시절은 겨울에 들어
골 깊게 파인 상처만 남았기에

뼛속까지 용서가 풀리는 날
웃음 싣지 않은 사진이라도 보내 주면 고맙겠고
건강과 행복 하라는 말은 진심이라는 걸 알길 바래

"사랑해"로 끝을 맺지만
이곳에 눈 쌓인 만큼 가슴 멍울 차오르면
하얀 제비가 되어 우체국 문을 또 밀 것 같다

벚꽃 질 무렵

벚꽃이 봄에 밀려가자
김장 맛이 묵은 듯 느껴진다

몸 섞는 일이 어긋나는 것을 알게 된
겨울 대파가 허물 벗고
파란 속살을 밀어 올리는 새벽

쏟아지는 무력감과 기분 나쁜 기억이 쌓여
툴툴 털어 내려 일어나 오줌 눈다

그날 이후 아내는 국을 포장해 오기 시작했고
조리된 부식이 반찬 가게 투명 통에 담겨 왔다

새처럼 자유롭고 싶다는 욕망
슬프게도 조금씩 버릴 수밖에 없던
그런 날이 있다

인간극장

평일 아침 시간대 눈길을 잡는 〈인간극장〉
TV 앞 각자가 주인공이다

"사연 없는 이가 어디 있슈" 하던
편의점 라우렌시오 형제는 아이가 없다
마리아 자매는 입양한 아이가 손자를 낳았고
포도밭 요셉 형제는 다시 합쳤다
클라우디아 자매는 암 투병 중이고
스테파노 형제는 방아쇠 당기는 손가락 한 마디가 짧다

아내를 일터로 보내고 산이나 오르내리며 놀고 있는 나
는 붕어빵 리어카 한 대 맞추고 면사무소 앞길에 버티고
싶다
5부작을 채울 만한 에피소드가 없는 나의 극장 봄에는 꽃
단장하고 가을에는 단풍으로 호객하고 싶다

웃고 있지만 눈물 삼킨다는 피에로라도 되어

찌르지 말 일

봄이면 거침없는 찔레
인터넷에 꽃물결처럼 많은 시가 뜨니
시인치고 한 편 끄적이지 않은 이 없겠다

넣어 본 손가락 따끔했다
향기 가진 자 모두
가슴에 비수 하나쯤 감추고 사나 보다

5월 향기에 끌려 다가간 덤불
나보다 바람이 한숨이다
솜털처럼 둘러친 가시에 찔렸나 보다

순박한 너의 애잔한
다가와 바라보되 꺾진 말라는
소박한 하얀 웃음에 담긴 마음 소리

사랑할 수 없을 때 놓아야 하고
상처로 눈물 떨구게 하진 말 일
호 하고 당신 입김으로 통증을 틔어다오

마감 24

내가 만든 소도蘇塗에서
피정도 아니면서 삭힌 하루의 끝자리
어둠이 더 짙어질 수 없는 이 시간은
길들어진 순간들의 마지막 매듭이다

영혼이 맑아졌는지를 재 볼 잣대 없이
주위만 맴돈 거룻배처럼
동력을 잃은 초침처럼
내일로 가는 의미 잃은 단위

집 안에 드는 볕을 따라 도는
생산 활동을 닫은 자의 허튼 몸부림은
갯벌에 누워 밀물을 기다리는 쪽배
물길만 남긴 갯골이다

내 손으로 내려치는 죽비 또한
기간제 교사의 힘 빠진 무성음
시든 영혼을 담은 내 낡은 거죽에서
저녁기도 후 긴 침묵을 이어 간다

어느 여인의 일생

해방둥이로 전쟁 때 혼자가 된 여자
고아원과 남의집살이를 전전하며 어둡게 살았다

이십 대 아이 셋 그녀의 남자 50년 전 집을 나갔다 백바지
에 백구두 어디를 가도 튀던

온천장에 방 하나 얻은 여자 침모 찬모를 하며 악착같이
버텼다 아이들과 살아남기 위해

남자가 새살림을 차렸다는 이야기 귀에 걸리지도 않았다
하루하루 연명만이 그녀의 종교였기에

아이들 모두 출가시키고 노후를 보낼 때 찾아온 남자 용
서를 빌었다 흔들렸다 불쌍해 보이기도 했고 받아 주고
도 싶었다

아이들은 결사반대 그녀의 고생은 기억 생생해도
아버지 얼굴은 꿈에서도 마주한 적 없다며

밤을 지새우던 시간만큼 꽃다운 시간 멀어져 갔고 병상
에서도 즐겨 부르던 〈여자의 일생〉*은 늘어져 버렸다

지나온 날을 돌아보는 그녀의 편안한 얼굴 위로
떠나간 남자와 젊은 날 짧았던 봄날이 덧씌워졌다

* 가수 이미자의 노래 제목.

허기 챙기기

부처와 예수표 밥이 주메뉴인
11시부터 12시까지 배식인 급식소

9시 반부터 번호표를 챙긴 이들
날리는 벚꽃 잎만 바라본다

65세 이상 무료라고 가짜 표식
허기는 경로자를 우대하지 않는다

세 끼는 사치이기에 한 끼로
하루를 해결하는 노하우를 가진 이들

밥주걱을 들다가 국을 퍼 담다가
부처와 예수를 만난다

마음이 가난한 이들 사이에서
오물거리며 한 장씩 넘겨지는 경전

체면도 접고 허리도 접고
다리품을 팔아 배식판을 든 이들이 성자다

봉쇄 수도원

창백한 햇살 오르기 전
아침을 대신한 소주 한 잔
몽롱하게 하루의 문을 연다
할 일 없는 이의 지루하고도 긴 하루

열 시 가까이
5월을 가리고 어딘가를 향하는
담장 밖 노란 양산
누구인지 쥐똥나무 잎에 가려 알 수 없다

읽던 마태오복음 4장
풀린 눈동자가 닫아걸어
이불로 배를 가리고 덧잠 청하지만
잠을 몰아내는 사각 들창의 햇살

부지런 떠는 건 새들뿐
안부를 물어 오는 이 없는 내 인생에
시간과 식량 축내면서 피해 든 길
대문도 없는 집에서 고립의 매듭 묶고 있다

토마스의 후예

바위산 중턱 성지 하나에 이끌려 돌 틈에 숨어드는 끝자락을 맞댄 기다란 뱀 두 마리

비닐 차단막이 승용차의 번호판을 감춰 대낮에도 비밀을 지켜 주는 무인 호텔로 드는 불륜을 저지르는 한 쌍의 화려한 외출

생명이 탄생하려면 생식기를 맞대야 하기에 죄짓는 일은 아닌데 남의 사랑을 목격한 나의 전립선은 왜 달궈질까

짠 내 풍기는 포구에서 생낙지를 목구멍으로 밀어 넣을 때 미끈한 것이 식도를 따라 내려가는 물컹한 기분

바람 타고 입실한 밤꽃 향기 소주를 따라 주는 횟집 주인의 결 내음 같아, 미사 내내 동정녀의 신비를 의심하고 있다

3부

구로동 블루스

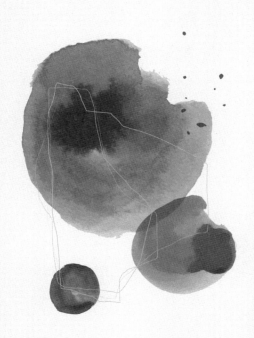

해동여인숙

구로 4동 아파트 단지로 변한 해동여인숙은 지금은 사라진 한도극장 인근에 있었다 당시 드문 슬라브 양옥 2층에 평 반 정도의 열한 개의 방과 공동 세면대 있었고 화장실은 1층에서 같이 써야 했었다 시멘트 계단을 오르면 부부가 머무는 검문소가 있고 작은 공간에는 여인숙용이라고 적힌, 표지 모델이 너덜거리는 선데이서울 같은 잡지와 일명 꿀단지라는 부분부분 찢긴 도색 소설 서너 권이 손님들의 성욕을 달래 주고 있었다 아래층에는 주인인 영배네가 살았는데 일수 돌리는 어머니가 여인숙을 월세로 놓았으니 60, 70년대 영배네는 넓은 마당이 있는 구로동 자본가에 속했었다 주 고객은 이화 벽돌에서 일하는 장기 노무자들과 인근 도림천 보강공사를 하던 인부들이었는데 가끔 통금에 걸린 남녀들이 찾아들곤 했었다 그런 날 새벽이면 사춘기에 든 영배의 007 영화 같은 순찰이 있었는데 뒤쪽 베란다를 통해 유리 쪽창으로 내실을 몰래 들여다보는 것이었다 깁스했던 오른쪽 발목만이 진실을 알겠지만 한 번도 걸린 적 없다는 그의 이야기, 확인할 방법은 없다 건설사업을 하는 그가 아직도 동과 서, 남

쪽에 애인이 있다고 설레발을 치는데 이것도 확인할 방
법은 없다 사라진 해동여인숙처럼

남은 자

　살아온 것은 과거이고 살아남은 것은 현재다 50, 60년대 영등포에서도 한참 들어간 논밭 언저리 검정 루핑 구로동 간이주택 구호주택 공영주택 민영주택 자유주택 문화주택 남경주택이라는 이름 붙은 곳들에서의 전세와 월세살이 가끔은 도림천 둑 무허가 판잣집 그 안에는 그늘을 끌고 가는 비닐 양산 바르게 서지 못하는 박쥐 배춧잎에서 떨어지는 애벌레 길 건너는 붉은 머리 두꺼비 만나러 가지 않아도 찾아오는 밤과 밀물처럼 밀려닥치던 새벽 화장실로 직행하던 투명한 달력 나비가 앉자 녹기 시작한 감천당 아이스께끼 증기차가 다니던 가리봉 기찻길 언젠가는 그칠 장마 길을 만들어 가는 구름과 바람이 전해 주던 삼립빵 공장의 버터 냄새 검정 고무신을 끌고 미역 감으러 다녔던 안양천 등 모든 추억의 혼재한다 2020년대 중국 동포로 가득 찬 신구로시장에 밀려 이름뿐인 구로시장에서 대를 잇고 있는 달성 기름집 낡은 시렁과 피대 위의 먼지 색소폰으로 불어 내는 초등학교 동창 여영호 그는 그 자리에 그대로 남았다

백색소음

고마운 도우미다
자음은 날아가고 모음만 걸리는 고막에
이명을 달래어 편안한 낮잠을 돕는

귓속에는
청량한 보리매미 얇고 순한 애매미가 아니라
고도의 데시벨 말매미가 산다

치마저고리 차림 암매미들의 젓가락 장단과
고향을 안주로 아버지들을 홀리던 유행가가 넘쳤던 어릴
적 구로시장 색주가

지금도 날개 삭은
늦가을에 든 늙은 매미 몇
가랑이 사이로 쉰 막걸리 냄새 피우고 있다

밀주

이런 일이 있었다 어린 삼 남매와 전쟁 때 불구가 된 지아
비를 책임졌던 1960년대 후반에서 1970년대 초반 겨우
서른을 넘긴 여인이 배급 나온 US 밀가루로 고두밥을 지
어 이스트와 카바이드로 속성 막걸리를 만들던

지금은 구로구로 바뀐 당시 서울 영등포구 구로동 구호
주택에서 아이들 배만 곯지 않으면 뭐라도 해야 한다는
생각은 겁도 잃게 하고 법도 버렸었다 단속을 피해 술집
항아리를 채우는 날엔 밴댕이라도 연탄불에 올려 기름
돌았던 얼굴들이 호루라기에 걸리는 날엔 식구 다섯이
가스 마신 얼굴로 변했었다 장정이 한 말 지고 휘청이는
데 말 반을 이고도 잘도 휘젓던 여인은 술 한 모금 못 하
는데 취해 살았었다 커 가는 아이들과 남편을 먹이고 입
히기 위해

막걸리 마실 때면 그 여인의 모습이 떠오른다 해 질 녘이
면 똬리 수건에 다라 이고 골목을 빠져나가던 모습이 찰
랑대는 막걸리 소리와 같이 흔들리던 뒷모습이 석양 빠

진 뒤 수건 똬리는 풀어 목에 건 채 양은 대야를 들고 대
문턱을 넘으며 환하게 웃던 그 모습이

라일락

　가정방문과 담임선생님과의 면담이 필수였던 국민학교 때 새 학기가 시작되고 몇 달 지나지 않아 어머니들이 학교에 오셨다 5학년 때일까 수업이 끝날 무렵 교실로 들어오시는 반장 어머니가 입으셨던 보라색 저고리 때문에 생긴 착각일지 모르지만 라일락 향기가 풍겼다 어머니도 라일락을 좋아하셨다 60년대 서울의 변방 구로동 간이와 구호주택을 벗어나 다른 동네로 이사할 때마다 리어카 앞자리에는 이불 보따리와 함께 라일락 한 그루가 흔들거렸다 4월이면 가난이 엉긴 집에도 어김없이 보라색 무더기로 꽃은 피고 향기가 돌았다 세월이 어머니가 모셔 간 뒤 처가로 옮겨진 라일락에서 곁가지를 떼어 지금의 집 마당 한쪽에 심었다 어머니가 왜 라일락을 가까이 하였는지 알려 준 적이 없어 지금도 모른다 그러나 라일락 향기가 번지면 꽃 가까이에서 바라보던 모습이 눈앞에 그려진다 매년 당신을 잊지 마라 내게 당부하는가 보다 그래서 라일락을 사랑했었나 보다

그날

종례가 가까워지자 교실 복도는 장터 분위기
소나기를 비비고 들어선 꽃무늬 아줌마들

엄마 손잡은 아이, 키 작은 아이까지
하나둘 우산 속으로 사라진다

혼자 남아 낙수에 손바닥 내밀다 들이다가
용감하게 빗길 진흙탕 달리다 쓸려 보낸 검정 고무신 한 짝

책가방 던져 놓고 맨발로 나선 도랑에서
나무뿌리 잡고 기다리던 친구가 얼마나 반갑던지

저무는 하늘 보며 두 발 댓돌에 올려 말리는데
공장 일 마치고 오는 엄마가 얼마나 좋던지

배고프다는 소리도 비 맞고 왔다는 말도 못 했다 툇마루
일어설 때 눈 아지랑이만 일렁였고

환상통

  수업 시간에 교수님이 보여 준 무릎 아래가 절단된 사진 속 아이 아이는 흙벽에 기댄 채 백묵으로 끊어진 두 다리를 땅바닥에 이어 놓았다 그 모습을 보고 시를 만드는 것이 숙제다 어려웠는지 다음 주 한 명만 과제를 제출했다 "악몽"이라는 시제로 지뢰로 고통을 받는 아이를 그려 냈다 "투명 다리"라는 단어와 "바람이 불지도 않는데 나뭇잎처럼 나부끼는 빈 바짓가랑이"라 고 표현한 부분이 마음에 든다 낙지탕탕이를 드시지 않는 아버지의 우측 다리는 한 뼘 남짓이다 나머지는 한국전쟁 때 박격포가 가져갔다 불구가 된 아버지는 유령 통증으로 일기를 예보했다 날이 흐리거나 비가 오기 몇 시간 전에는 심부름을 시켰다 진통이 포화처럼 날아오고 있기 때문이다 그 아이보다 어릴 적부터 약국을 오갔다 약 기운이 퍼지기 전까지 남은 부분을 잡고서 통증에 시달리던 모습 마구 뛰려는 잘린 다리 끝이 무서웠다 사진에는 아이의 가난이 묻어 있다 의족만 했어도 슬픔에 잠긴 표정으로 땅바닥에 투명 다리를 그리지도 않았을 것이다 바람이 불지도 않는데 나뭇잎처럼 빈 바짓가랑이 나부껴서는 안 된다

발목지뢰도 박격포탄도 누군가를 아프게 하는 것들은 없
어져야 한다 환상통을 그 누구도 이겨 낼 수 없기 때문이
다 바라보는 이가 더 아프기 때문이다

아버지는 따뜻했다

아버지 손은 무섭게 컸다 그 손에 네 살 때는 세발자전거
를 잃어버려 맞았고 일곱에는 돈 훔친 외삼촌을 따라갔
다고 맞았다

목욕탕에 같이 간 적 없고 졸업식은 중학교 때 한 번 오신
젊어서 거의 매일 소주병을 챙긴 아버지 전쟁 때 중공군
박격포에 날아간 다리 때문에 비만 오면 약국 심부름을
다녔다 취직해서는 사리돈을 박스로 사다 드렸다

고향을 그리다가 임진강 가까이에 자릴 잡으신 아버지
막내 처남이 벌인 일을 알고도 미안하다는 말씀 없었고
자전거를 사 준 기억만 남고 때린 것은 치매가 가져갔다

종이로 만든 가짜 다리를 넣고 수의를 입힐 때야 터지던
눈물 아버지도 따뜻한 분이라는 것을 화장장에서 받아
든 유골함을 무릎에 올리고서 알았다 정월 초사흗날 혼
자 남은 아들 춥지 마라 데워 주고 있었기에

승부사

할 일이 없어 추녀를 맴돌다 마루에 내려앉은 사슴벌레
에게 싸움을 걸었다 모나미 볼펜 자루를 댔더니 커다란
집게발로 맞섰다
무승부

할 일이 없어 화분에 옮긴 목화 잎사귀를 접고 들어앉은
나비 애벌레를 잡았다 연애편지 겉봉투를 열 듯 조심스
레 접힌 잎을 펼치고 에프킬라를 뿌렸다
완승

하늘이 맑고 파래서 시인 흉내를 내 보았으나 아무 생각
도 떠오르지 않는다 구름만 뭉게뭉게 저들끼리 알아서
흘러갔다
완패

내일은 누구와 승부를 겨룰지를 상상하며 가을 하루를
채우는 중 가진 것은 시간뿐이기에

이어진다

어릴 적 크리스마스 새벽에 들어오는 아버지의 손에 누런 봉지가 들려 있었다 초가을 파란 사과는 본 적이 있어도 사과하면 국광이나 홍옥같이 빨개야 하는 줄 알았는데 그 안에는 열셋 인생을 살면서 처음 본 노란 사과가 들어 있었다 달고 푸석거리면서도 향기마저 좋았던 기억이 지금까지 이어진다

아버지는 돼지고기 한 근 끊어 본 적이 없었고 선물이란 것을 사 들고 오는 성격도 아니었기에 그날따라 이상하기는 했었다 아버지는 끗발이 섰다 했으나 이내 어머니의 목소리는 담장을 넘는 수준이 되었다 집을 판 전 재산 백만 원을 어머니 모르게 들고 나갔다가 빈 주머니로 들어온 것이었다 개평과 바꾼 것은 사방 아홉 자 안방 벽으로 날아 깨져 버렸고 그나마 성한 쪽을 골라 철없이 동생과 우적거렸던 기억이 지금까지 이어진다

살아 보겠다고 발버둥 치던 어머니 앞에서 더 잘살아 보겠다고 밤새 한판을 노렸던 아버지가 하느님이 아니라

어머니에게 무릎을 꿇고 용서를 빌던 어색한 그해 겨울
의 추웠던 기억이 사과 향기와 함께 지금까지도

그냥 가을인 우리는

한국전쟁이 끝나고 인구가 폭발하는 시대에 태어난 우리는 민족중흥의 역사적 사명을 외웠고 길 가다가도 국기 하강식에 참여했다 가끔 오전 오후반이 헛갈리는 2부제 수업도 받았으며 고등학교를 졸업했거나 다니지 않고도 사우디의 모래바람으로 볼 마사지해 가며 살아왔다 악착같이 모은 돈으로 집을 사고 장가들어 아내와 자식 돌보다가는 연로해지신 부모님도 챙겨 드려야 했다 고래라도 잡을 것 같았던 푸릇했던 청춘과 낭만은 먼 데로 떠났고 어느덧 친구들이 전송하는 움직이는 19금 춘화를 보고도 감흥이 오르지 않는 가을이다 어쩌다 잘해보려고 용을 써도 네 탓이 아닌 내 탓이 문제가 되어 고개를 숙이고 젊은 의사에게 발기부전 처방을 받기도 한다 몇 빼고는 돋보기를 걸치고서야 신문에 나오는 작은 글자를 읽을 수 있다 예감만 하던 이별이 가끔 주변에서 일어난다 양가 부모님을 다 여의고 시방세계에 고아가 되었지만 손주가 태어나는 기쁜 일도 있다 일터에서 밀려나고도 능력껏 아직 현역으로 뛰거나 용역을 통해서라도 일하는 친구들도 있다 자영하는 이들이 가장 어렵다는데 내 눈에는 아무 일도 하지 않는 노는 놈이 더 어렵고 힘이 든다 어려서부터 노는 법을 배우지 못했기 때문이다 우리 세대는 국가가 복지 혜택을 넓혀도 어릴 때 외웠던 자주 자립정신으로 살아갈 것이다 천정부지 오른 집을 못구해 장가를 안 가는 아들도 자녀 교육이 무섭다고 시집안 가고 혼자 살겠다는 딸이 있어도 우리는 우리 힘으로 80 넘어서도 거뜬히 버틸 것이다 육신의 나이는 가을에 물들고 있어도 마음은 청춘이다

카드 할부로 긁기

어릴 적 갖고 싶던 꿈
검정 호마이카 피아노 중고를
낙원동 악기 상가에서 6개월로 긁었다

60년대 구로동 부잣집도
이런 사치는 없었기에
큰아이 다섯 살 무렵 부려 본 호기

바라만 봐도 좋았던 귀퉁이 장식품
조카가 필요로 해서
시골 처형님네로 보냈다

둘째 셋째를 위해 한 번 더 카드를 뽑게 한
마호가니 색상 영창 피아노 신형 모델
막내 초등 이후 십수 년째 잠자고 있다

칠 줄도 모르면서
아이들이 얼마나 쳤는지 알지 못하면서
카드는 긁을 줄 알아 가지고

거세

술잔의 절반을 눈물로 채우셨던 이북 고향이 그립다고
아버지는 떠나셨고 신세대 자식을 둔 나는 눈물을 거세
당했다

인권 조례가 강조된 교육을 받은 아이들은 밥상머리에서
조차 진솔한 대화의 기억은 가물거리고 스마트폰과 게임
기에 밀려 관계는 서먹하다

눈물이 넘친 세대와 마른 세대 사이에 끼인 샌드위치 신
세 사회로부터도 외면당해 같은 처지의 친구들과의 만남
혼술 아니면 산행 정도가 위안일까

나이 차도 둥지를 떠나지 못하는 자식들을 챙겨야 하기
에 얼마간 벌어 놓은 것은 자신을 위해서 쓸 줄 모르는 마
지막 자본 피눈물을 짜내는 서글픈 세대

주말부부
―七夕에

그대 만나러 가는 날 비가 옵니다
그대에게 잘 보이려 세차를 해서 그런가 봅니다

오늘 저녁 내린 비는 견우와 직녀처럼 기쁨의 눈물이고
내일 새벽 비 내리면 이별의 눈물인 셈이지요

사랑하는 이와 매일 마주하지 못해도 매 주말마다 만나
는 것도 축복입니다

모아 둔 선물 보따리 그대에게 안기고 전화로 다 하지 못
한 이야기는 다발로 전하렵니다

이런 시간도 세월이 지나면 추억으로 쌓여 채석강 바위
처럼 모진 세파 견뎌 내겠지요

오늘은 밤새도록 비가 와도 좋습니다
내일 흐를 눈물이 줄어들 테니까요

노을 속으로

한강을 건넌 퇴근길에서
DJ가 읽어 주는 말랑한 사연
이 시간대의 걸음과 어깨는 무겁다

도시의 하루를 건너온 피로
해제시키려 돌아온 안식처는
바지랑대가 빈 빨랫줄을 걸고 있는 옥탑방

어머니가 끓여 주던 따뜻한 국 한 사발
"밥은 먹고 다녀라"는 무뚝뚝한 아버지의
주홍빛 쇳소리가 그립다

내려앉는 추위를 몰아낼 난로의 불빛이
노을처럼 붉으면 좋으련만
달동네의 감성만 수많은 별들로 되살아난다

불을 피워 저녁을 챙기느니
속을 달래 주는 편의점 맥주 한 캔
파스텔 톤으로 내일을 그리며 접는 오늘

개벽

갱년기가 지난 사내가
어쩌다 가운데가 단단해지는 시간대

붉은 태양 용솟는 저건 바다의 발기*라 했지만 분명 봉황
이 알을 낳는 것이요 아니면 장자莊子가 말한 곤鯤이 변한
붕鵬새가 아랫도리를 여는 순간이다

산고로 인해 핏빛으로 변한 바다에서 둥근 것이 중력을
거부하고 하늘에 걸리면 하루를 시작하는 파도가 주변의
핏물을 씻어 내고 있다

불덩이를 담은 몸은 얼마나 뜨거웠을까? 새벽마다 찬물
에 쌀을 씻으셨던 내 어머니는 종교다 세상을 보라고 양
수에서 밀어낸 내 어머니는

* 송진환 시인의 〈일출〉에서 인용.

가을 속으로

스쳐 가는 이의 뒷모습에서 오래전 지워 왔던 추억이 겹쳐지면 발길을 멈추고 멀어져 가는 실루엣을 가슴에 담는다

매듭짓지 못한 인연 풀지 못한 실타래처럼 무언가 허전함이 깃든 가을을 타면 색약이 번지는 눈으로 하늘을 올려 보게 된다

우연을 가장해서라도 채우고 싶은 욕망 그 불꽃은 쉽게 사그라지지 않기에 산다는 것은 매 계절 다른 바람 같은 것

국화가 놓인 우체국 사거리를 서성이다가 카페에 앉아 커피 향에 잠시 취하기도 하다가 애꿎은 낙엽만 밟으며 가을 속으로 든다

이런 날이 잦은 주기로 반복되는 것은 우울 살아갈 날이 살아온 날보다 짧기에 남은 나의 순수를 따뜻하게 데우고 싶다

봄이 닫힌 계단에서

차단문 올리는 소리에 잠이 깬 모르는 전화도 걸려 오지
않는 사내 참새 소리 명치끝에 달아 놓고 사용법을 잊어
버린 선물 받은 오늘

안부를 받은 적도 물어본 적 없는 핸드폰을 열어 시간을
확인하고 목표 없는 성과를 채우려 발길 끌리는 대로 열
린 길을 걷는다

눈앞에 보이는 문은 모두 닫혔지만 지나는 이들의 선량
한 마음에 기대어 작은 은총에 감사하다 해가 지면 지하
철 막차에 맞춰 닫는 자신의 문

사랑이라는 단어에 접속하지 못하고 몸 하나 간신히 하
루 단위로 지키는 사내 연민도 휴식이 필요해 불마저 꺼
버린 구로공단역* 계단에서 밤 벚꽃을 내려다본다

　　　　　* 구로디지털단지역으로 이름 바뀐 지 오래임.

쟁취한 사랑

김용수(28) 이옥자(24)

같이 다닌 구로공단 전자회사 2백 명 여공 중에 용수 눈에 옥자만 보였다 가슴 태우던 용수는 유부남 형들 지원으로 공장 옥상에서 옥자를 만났고 매캐한 영등포 음악다방과 연흥극장에서 데이트를 했다 영화를 보고 돌아오다 밤 골목에서 용수는 과감히 옥자 입술을 훔쳤다 당황한 옥자 강한 멘트를 날렸다 "에이, 머여요, 더러워 죽겠네"

상심한 용수 석 달에 한 번 옥자가 고향에 가는 걸 알아내고 용산 시외버스터미널에서 옥자 가방을 빼앗아 전주 가는 버스에 올랐다 옥자는 안동 가는 차 시간을 기다리다 난데없이 금남고속에 올랐다 버스는 출발했고 가방 붙잡고 떼쓰는 옥자 손목을 용수가 잡아 버렸다

올림픽이 있던 35년 전 일이다 다음 해에 결혼한 둘은 용수 고향에서 시내로 나와 잘살고 있다 30년 맛집 식당을 하며

사강

경기 화성 송산 사강을 떠난 여자 프랑스 소설을 좋아하
는 그녀를 친구들은 사강으로 부른다

소설 첫 페이지에 나오는 아침의 태양처럼 사랑을 일찍
했었나 보다 성인이 된 남매를 두었으니

쓸쓸했거나 다정했을 자작나무를 닮았다는 남자에 대한
추억을 흘린 적은 없다 아름드리 느티 같은 아버지 이야
기는 전했어도

사연과 풍파 없지 않았겠지만 아이들 때문인지 웃음 잃지
않고 굳세게 살아가는 여인 사강에게는 와인 향기가 돈다
대부도 바닷바람 섞인 그녀가 만드는 해물떡볶이*도

그녀가 좋아한다는 소설은 주인공이 그녀 같기도 하고
아닌 것 같기도 하고

     * 성남시 상성대로 롯데시네마 7층 그린스파이시.

4부

배
웅

배웅

만날 때와는 다른 쓸쓸한 감정으로 당신을 보내고 돌아
옵니다 "조심해서 운전해 가요" 하고 무거운 걸음으로 돌
아서 전철역 계단으로 향하는 뒷모습을 바라보는 가을
하늘 자락에 무언가 묵직하게 매달립니다 일을 마치고
주말마다 내려와 찬거리며 세금 같은 주변 정리를 챙겨
주고 올라감의 반복에 떨쳐 낼 수 없는 미안함과 아쉬움
그리고 다음 만남까지의 기다림이 겹칩니다 살면서 정해
진 시간 안에 일어나는 일상이지만 은퇴해서 사회에는
적응하지 못하고 시골에 박혀 아직 충분히 일할 수 있는
체력과 나이임에도 놀며 그러고도 혼자가 되었다는 막
막함을 내세웁니다 들창을 열어 귀뚜라미 소리를 들으며
그대의 맑은 미소와 흰머리가 살짝 얹혀 날리는 당신 얼
굴을 형광 등불 아래에서 장판지에 손가락으로 그려 봅
니다 가을 별이 당신처럼 내려다보는 오늘 밤은 밤새 하
늘의 별을 세고 또 세게 될 것입니다 그대도 그러시나요?

마지막 블루스

찬거리 줄자 아내가 친정 텃밭에 갔다 마늘종 뽑아 고추
장 무침을 한다며 선 캡과 쿨토시도 따라나설 때 하나라
도 아끼려는 아내에게 부탁했다

봉분 만들어 억새 같은 잡초에 엉기게 하지 말고 내 행성
의 종착을 납골당으로도 잡지 말라고
수명의 시계 멈춘 뒤 햇살 들지 않아 나의 그늘 말리지 못
하는 인조 대리석 안에서의 영원한 안식 원치 않으니 멍
하니 바라보던 앞 냇가에 뿌려 달라고 했다 마지막은 방
부 처리된 소금기 섞인 바닷물에 녹아들게

이렇게 말하지만 나는 안다 나를 어디에 거둘 것인가를
찾아와 언제까지 눈물 흘려 줄 것인가를

아내의 손맛이 깃든 마늘종 반찬으로
오늘 저녁은 더 따뜻할 것이다

손녀 바보

딸아이들 커 갈 때와는 또 다른 사랑이 보이는지 딸의 품에서 한밤 자고 나면 어제보다 한 뼘씩 자라고 있는 신비를 알려 하는지 손녀에게 볼을 비비며 바라보는 아내의 눈빛은 백석 시의 사투리 같은 해설이 따라야겠다 백일 지난 지 얼마 아닌데 막 옹알이를 시작하면 둘만의 의성어와 의태어로 대화가 길어지겠다 아장아장 걷기 시작하면 나비와 술래잡기 길섶의 민들레와의 말 걸기도 알려 주고 하늘에서 깜박깜박 잠드는 별과 산새들이 나뭇가지에서 부르는 노래도 들려주려 하겠다 육아에 힘든 딸을 쉬라고 집으로 불러 몇 시간이라도 손녀를 봐주는 아내에게 나머지 가족들은 한 단계씩 차례로 밀려 손녀가 첫째 보물이 되겠지 아내 옆에 멀쭘 있다가 손녀 한 번 안아 보고 나면 저절로 나는 바보가 되어 갈 것이고

짜장이 좋은 이유

중국집에서 고민하지 않는 나는 짜장면과 짬뽕 중에 당연히 짜장이다 해물과 야채 뒤섞인 맵고 칼칼한 육수에는 추억의 맛이 없기에 짜장이다

어머니가 하굣길에 만나 사 주신 것도 졸업식 복작거림 속에 기다린 것도 가출했다 초라한 귀가 때 배를 채워 준 것도 미끌미끌 달착지근한 짜장이기 때문이다

보통 간짜장 사천짜장 중에서도 그냥 짜장이다
볶아 놓은 소스 때문에 기다림이 짧은 것도 살짝 씹히는 돼지고기와 양파의 촉감도 다른 선택을 포기하게 하는 중독이다

고춧가루 뿌리고 적당히 식초 치면 잘 차려진 요리에도 젓가락이 가지 않는다 그릇을 비우고서야 옆을 돌아보면 어머니가 웃으며 앉아 계신 듯하다 엽차만 드시던

희망이 떠난 빈자리

살려고 먹는 것이 아닌
먹기 위해 사는 아귀를 닮아 간다
배가 불러도 먹고 시간만 되면 먹고
배가 고파도 먹고 시간이 안 되어도 먹는

고프지 않아도 밥을 찾는
백수 10년을 넘기며 무섭게 자란 습관
희망이 떠난 자리를 차지한 허기를
본능이 채워 막는다

누군가 깨기도 전인 04시 반쯤
남들 열심히 일하다 쉬는 티타임 정도 10시
해가 넘어가지 않은 오후 4시경에
그릇들을 비우는 일상

쌀 씻어 앉히고 국 데우고 찬 꺼내
상이 차려지면 반사적으로 TV를 켠다
잡다한 군상과 뉴스 속 인물과 마주하며
오물오물 세상을 씹고 오늘을 말아 마신다

희망 여행

바다가 보이는 곳에서
아내와 아이들이 아직 잠든 시간
출렁이는 나를 본다

자신만 반복하는 좁은 길에 갇혀
나를 버린 세상을 잊고 살아온
일터에서 밀려 들어앉은 10년

헐렁한 바다는 반복의 언어로
살아가는 이치를 말하려는 것 같았다
누구나 밀리고 쓸리며 굴러간다고

어둠을 버리듯
수평선 끝에서 해 돋으면
밤새 술 찐 속을 게워야겠다

온몸에 햇살을 바르고 일어나
희망이라는 엽서를 써 보여 주고
아내가 차린 밥과 찌개를 맞아야겠다

송사

산수유에서는 산판에서 돌아오시던 아버지 냄새가 난다 손아귀에 힘을 주면 꽃잎에서 젊은 날 아버지의 노란 땀방울이 묻어날 것 같다 자갈밭 다랑이에 달리지도 않는 낱알에 기대느니 아이들 대학 보낼 욕심에 심으셨다는 나무 "처음엔 다들 좋았쥬, 몇 가마씩 해 설랑 돈도 좀 만 졌시유 나이 먹다 본께 시방은 시미 들어 거들떠도 안 봐유" "마을 귀경 온 사람들이나 좋을지 몰라두 중국서두 드러오구 딴 데도 마니 시머 돈도 안 돼유" 몇 남지 않은 남자 중에 노인회장이 나서서 방송 대담하듯 느리게 말씀하신다

지난가을 어머님마저 떠나시고 밭에 붙어서 큰길이 뚫린 다는 소문이 구름처럼 떠돌았다 대처로 흩어진 자식들의 눈에는 돌밭이 갑자기 돈 밭으로 보였다 오빠들은 대학 도 보내 주고 집도 사 줬다며 딸들 몫으로 돌리자는 혼자 사는 막내 언니들은 "그래라" 하고 따랐다 친척들도 남은 먹이를 찾듯 모여들었다 고종사촌들까지 할아버지를 들 먹였다 부모님의 피와 땀을 먹고 자란 고목에 열매가 익

어 넘쳐도 털어 말리고 씨를 빼려는 자식은 없고 시뻘건

송사訟事만 다닥다닥 읊아 붙었다

낙엽 시기

주말 막차쯤 되는 하행 1호선 맞은편 검정 마스크의 두 아가씨 한 명은 검정 롱부츠에 점박이 무늬 얇은 원피스 차림 스웨터를 걸쳤고 검정 앵글 부츠에 검정 망사스타킹 차림 옆자리 아가씨는 짧은 원피스에 검정 가죽 잠바 차림이다 겨울로 넘어가는 계절이지만 남이 무슨 옷을 입고 다니는가를 따질 일은 아니다 허벅지 윗부분을 가린 망사에는 검정 문양이 새겨 있는데 자세히 볼 수 없어 무늬가 무엇인지 알 순 없다 엷은 화장발도 잘 먹는 대학생 나이쯤 앳되어 보인다 알지 못하면서 밤업소에 출근하는 차림이라고 상상했다 겉모습으로 내가 예단할 위치도 아니면서 그런 짐작을 했다 막내보다 어려 보이는 두 아가씨의 부모 마음은 어떨지 모르겠다 부모가 없거나 힘이 없어 그렇게 살아야 하는지도 모르겠다 활엽수가 생산한 단풍 물든 낙엽이 어느 거리를 떠다닐지 모르기에 정부가 나서서 오가는 길을 막을 수도 없는 일이다 일인당 기본소득에 백만 원을 더해도 풀지 못할 일이다 침엽수도 단풍 시기에 가끔 낙엽을 지운다 갈수록 가을 끝에는 헛된 생각이 길어진다 내 목적지보다 한 정거장 앞

에서 전철이 멈추자 두 땡땡이 무당벌레가 내리려고 일
어섰다 북서풍이 불기 시작한 11월에 노란 민들레를 보
았다

불량한 물소리

물소리가 들린다
방음 불량한 문 틈새로 스며 나는 소리
스티로폼 패널로 지은 허름한 집 안방 화장실
아내가 수도꼭지를 틀어 부끄러움을 섞는

그 화장실과 벽을 마주한 거실 화장실에서
내가 일을 볼 때 터지는 소리
'찔끔, 찔끔, 졸, 졸, 졸'
가늘고 짧은 오늘의 현실이 음파로 전해진다

사는 게 눅눅해지고 기력과 줄어든 자신감
생식기능마저 낮아져 버린 오후는
쪼그라든 우렁쉥이 껍데기 같지만
젊은 날 그리운 소리

공주 갑사계곡 민박집
첫사랑이 재래식 화장실 무섭다기에
랜턴 켜고 쪼그려 앉아 밖에서 듣던 그 소리
청량했던 그 시원한 물소리

그 사람

그대 얼굴 닮은 꽃자리에
야생화 몇 심고는 잊고 지냈네
꽃 피면 바라만 보았지

그대 가슴에만 두고
가꾸질 못했네
각자 걸음에 세월이 곱해져 멀어져 갔고

다가가야 했음에도
손 내밀어 잡아 줘야 했음에도
속앓이만 하고 혼자만 아파했네

고백 막으려
내 입술에 갖다 댄 그 긴 손가락
지워지지 않고, 잊히지도 않고

봄 지나는 이맘이면
뜨락에 핀 꽃 시들지만
상처로 박힌 꽃 자국 시들지 않는 그 사람

사랑 녹다

표현 서툰 남자와 붉은 입술의 여자
얼다 녹기를 반복했다

열극의 물결이 번진 거친 날숨
별빛을 가린 이불에 국화 문양 새겨 넣는다

하트 그림 남자의 손톱 밑 통점을 찌르고 "사랑해"라는
삐뚠 글씨 여자 가슴에 못 박던 새벽

다음이라는 약속도 없이 가볍게 들려진 못다 나눈 사랑
이야기를 담은 그녀의 작은 핸드백

기진한 하품에 내려앉는 빙점 따라 촉촉한 겨울 끝자락
남자 이야기는 눈꽃처럼 차다

살다 보니

둘 사는 집에 각방 쓴 지 벌써 스무 해가 넘는데 온양을
다녀온 겨울밤 하루는 남편이 방문 앞에서 "똑똑, 들어가
도 됩니까"라며 허가를 구합니다

뭔 뜬구름인가 싶어
"오늘은 문이 닫혔습니다" 하자
"예, 알겠습니다" 하며 힘없이 돌아갑니다

영감님이 무슨 생각을 하셨는지 알 수 없습니다
팔십 다가가는 저도 마찬가지입니다

겨울 낙타

집으로 끌려가기 전에
빌딩과 아파트 숲을 지나
지하철 막차가 시동을 끈 그 경계를 넘어
낯선 여인의 주막 등불 아래 취하고 싶다

길을 잃고 골목도 잃고 나 자신도 잃고
느려진 걸음으로 들어간 동굴 안에서
선사인들처럼 화톳불에 그을리며
투스텝 원스텝으로 춤추고 싶다

목마른 당신 어깨에 내려앉아
사라짐을 찬미한 노래를 부르다가
눈보라에 흐려진 남은 길 지우고
피 토하며 쓰러져 나를 떠나고 싶다

돌아가야 할 의지가 막힌 막막한 집 기둥에
"싶다"로 끝맺은 위의 세 문장을 세우고
기도를 올리고 싶다
한 점 한 점 눈꽃으로 목을 축이며

사랑 배달은 힘들다

보은 산외와 속리산면만 자전거로 시작한 우편배달이 20
년을 넘겼다 얼마 전 도화리 초입에 말끔한 외지 청년이
서 있었다

일을 마치고 돌아오는 길에도 서성이던 청년은
쭈뼛거리다 오토바이를 세우며 하는 말 "꽃 좀 전해 주실
수 있으세요"

짝사랑하는 이의 마을까지 왔지만 마음을 전하지 못하고
애만 태우는 것 같아 기꺼이 사랑의 꽃 배달부가 되었다

주소에 적힌 아가씨를 찾아 꽃다발을 전했다 핸들을 돌
려 나오려 하자 등 뒤에 화살이 날아 꽂힌다 "공무원이 그
렇게 한가하서유?"

나는 반사적으로 변속기어를 4단에 넣었다

　　　　　　* 박성우 〈창문 엽서〉에서 에피소드 차용.

영수와 성희

앞뒷집에서 자란 성희는 남자고 영수는 여자다
성희가 어릴 적 떼를 쓰면 엄마는 "너, 영수한테 장가보낸
다" 했다

고등학교 때 갈라진 둘은 방학 때 시골에서 마주쳤어도
별 감정이 없었다 성희는 재수를 하다 군대 갔는데 영수
학교를 첫 휴가 때 찾아와 "너, 기다려"라는 말을 남기고
귀대했다

졸업하고 직장 다니며 자취를 하던 영수에게 성희가 다
시 찾아온 날 아뿔싸 아기가 들어서고 말았다 고향 어머
니가 편찮으시다는 핑계를 대고 영수는 퇴직했고 복학한
성희는 애아비가 되어 미팅도 못 해 보고 졸업했다

결혼식은 물론 했다 신랑과 신부 사이에 준혁이가 꽃바
구니를 들었지만 둘째도 그 자리에 있었다 영수가 하얀
드레스로 가려 보이지 않았지만

올해 둘은 환갑이고 아이들 모두 출가시켰다
나이 들자 둘은 성격이 바뀌었다 영수는 남자처럼 성희
는 여자처럼

악연

승률 3할의 한화 이글스 팬이다 3할은 열 번 경기를 하면
세 번 이기고 나머지는 진다는 뜻 주중과 주말 3연전에
한 번 이기면 두 번 이상은 져야 나오는 계산이다

잘해야 뒤에서 두 번째 아니면 맡아 놓고 첫째라는 이야
기 그러니 다섯 팀이 치르는 가을야구에는 초대받기 글
렀다는 것이다

프로야구는 40년 역사상 단 한 번 우승컵을 들어 올린 적
이 있을 뿐이다 그래도 충청에 살면서 어디를 응원하랴
다른 팀 응원단들의 모욕과 냉대 속에서도 우리는 응원
을 아끼지 않는다 방망이가 허공을 갈라도 다음 타석에
서는 선수에게 응원가를 불러 준다

올라갈 일만 남은 독수리는 비상을 위해 최선을 다하는
중이다 승부 세계에서 꼴찌는 아무나 하는 것이 아니기에

오늘도 우리는

오늘도 우리는 언젠간 헤어질 걸 알면서도
사랑을 하고 죽는 줄 알면서도 살아갑니다

먼지가 계속 쌓일 걸 알면서도 청소하고
실패할 줄 알면서도 다시 도전합니다

철 지나면 못 입을 걸 알면서도 옷을 사고
녹을 줄 알면서도 눈사람을 만듭니다

한정 이벤트가 마감되어도 혹시나 줄을 서고
당첨된 적 없어도 복권을 삽니다

미워하면서도 용서를 하고
모자라면서도 베풀려고 합니다

이렇게
오늘도 우리는 살아갑니다

충청의 웃음
—서산 마애불

어설퍼 웃으셨시유?

기왕 오실 거면

툭 털고 나오거나

이천 년 전에 오시지유

천오백 년 넘거 겨우 반 거름 떠 가꼬

은제 다리 건너 용현 슈퍼* 가설랑

사이다 한잔 시원히 자신대유

* 용현 슈퍼: 마애불 오르는 다리 건너에 있음.

첫 청탁

내려오지 않는 아내에게 마당에 백합 핀 사실을 알렸다
아내는 사진 찍어 보내라더니 시 한 편을 써 보란다

목마의 주인 박인환이나 섬진강 김용택 수준이면
글이 줄줄 흘러나오겠지만 어찌해야 할지 몰라 당신이
더 잘할 것 같다고 답을 했다

평생학습원에서 칼을 가는 청탁 한 번 받지 못한 자비출
판 시인이 7월 첫날부터 머리를 싸매도 한 줄 써 내려가
기가 어렵다

백합 향기는 요동치는데 이런 글을 쓰고 있다는 것이 한
심하고 이런 나를 시인이라 알고 있는 아내를 속인 것 같
아 미안했다

아내에게

오늘이 당신 회갑입니다 결혼한 햇수가 36년이고 대학 1
학년 때 만났으니 얼굴을 바라보고 지낸 날이 40년을 넘
깁니다 스물 아가씨가 만 예순의 나이가 되는 날이 오늘
입니다

같이 살면서 당신은 커다란 수술을 네 번이나 했습니다
세 아이가 당신을 찢고 세상에 나왔고 아이들이 자라던
곳간은 비워야 했었습니다 예순이 다되어 어느 날은 두
눈꺼풀에 상처 자국을 내고 나타나 웃기도 했었지요

지나온 시간이 덧없다 생각지 않습니다 값지게 쌓아 올
린 사랑의 탑이라 하겠습니다 지나온 시간만큼 지내야
할 시간이 길지 않음이 아쉬울 뿐이지요 마냥 봄꽃 같지
만은 않았어도 수수꽃다리처럼 낮은 향기를 내며 그럭저
럭 살아왔습니다 직장 본사 생활을 이기지 못하고 첫 현
장에 나갔을 때 많이 힘들었음을 압니다 10년 부모님 모
시고 살다 분가했었으니 정신도 없었을 것입니다

현장 생활 첫 주말 왜관에서 밤 기차로 영등포에 떨어졌을 때 꼬마 셋과 마중 나와 함박 웃던 모습 잊지 못합니다 암으로 고통받는 어머니를 여의고 힘들어했을 때와 치매까지 몰려든 아버님을 보내고 아파할 때 누구보다 나를 지켜 주고 일으켜 세운 이가 당신입니다 장모님과 장인어른이 세상을 등지셨을 때는 작은 보답이라도 하려 당신 곁에 서 있었지요

지난 모든 날이 웃음만은 아니었어도 그리 어렵지 않았습니다 남들 다 갖는 명품 하나 챙겨 주지 못했지만 아이들과 힘거워하지 않을 정도는 지내 왔습니다 성인이 된 아이들에게 바랄 것은 건강하고 자신이 하는 일에서 행복을 찾는 것뿐입니다 그들에게서 나머지인 당신과 나는 우리만의 삶을 채워 가면 되겠지요

남은 날이 지나온 날보다 짧음을 압니다 그날 중에 서로를 알아보지 못하는 날도 있음을 압니다 마음대로 움직이지 못해 갑갑해 할 날도 있을 것입니다 누가 먼저인지

몰라도 그날이 오면 조금이라도 맑은 정신을 갖은 이가 챙기기로 해요 남의 손에 부탁하지 말고 서로가 힘 있을 때까지 아껴 주는 것이지요

당신과 보낸 세월이 행복입니다 남은 시간도 행복으로 채워지겠지요 쑥스러워 어쩌다 하지만 오늘은 이 말 꼭 하렵니다

사랑합니다!

나에게 던진다

ⓒ 정득용, 2023

초판 1쇄 발행 2023년 10월 13일

지은이   정득용
펴낸이   이기봉
편집   좋은땅 편집팀
펴낸곳   도서출판 좋은땅
주소   서울특별시 마포구 양화로12길 26 지월드빌딩 (서교동 395-7)
전화   02)374-8616~7
팩스   02)374-8614
이메일   gworldbook@naver.com
홈페이지   www.g-world.co.kr

ISBN   979-11-388-2261-9 (03810)

• 가격은 뒤표지에 있습니다.
• 이 책은 저작권법에 의하여 보호를 받는 저작물이므로 무단 전재와 복제를 금합니다.
• 파본은 구입하신 서점에서 교환해 드립니다.